Favela

Ortografia atualizada

*Copyright © 2011, Editora WMF Martins Fontes Ltda.,
São Paulo, para a presente edição.*

1ª edição *2011*

Coordenação editorial
Fabiana Werneck Barcinski

Acompanhamento editorial
Helena Guimarães Bittencourt

Equipe Pindorama
Alice Lutz
Susana Campos

Agradecimento especial
Luciane Melo

Preparação
Ana Caperuto

Revisões gráficas
Luzia Aparecida dos Santos
Márcia Leme

Projeto gráfico
Márcio Koprowski

Produção gráfica
Geraldo Alves

Impressão e acabamento
Yangraf Gráfica e Editora Ltda.

**Dados Internacionais de Catalogação na Publicação (CIP)
(Câmara Brasileira do Livro, SP, Brasil)**

> Barcinski, Fabiana Werneck
> Favela / texto adaptado por Fabiana Werneck Barcinski; ilustrações de Guazzelli. – São Paulo : Editora WMF Martins Fontes, 2011. – (Um pé de quê?)
>
> "Coleção inspirada no programa de TV de Regina Casé e Estevão Ciavatta"
> ISBN 978-85-7827-367-5
>
> 1. Literatura infantojuvenil I. Casé, Regina. II. Ciavatta, Estevão. III. Guazzelli. IV. Título. V. Série.

11-01977   CDD-028.5

Índices para catálogo sistemático:
1. Literatura infantojuvenil 028.5
2. Literatura juvenil 028.5

Todos os direitos desta edição reservados à
Editora WMF Martins Fontes Ltda.
*Rua Conselheiro Ramalho, 330 01325-000 São Paulo SP Brasil
Tel. (11) 3293.8150 Fax (11) 3101.1042
e-mail: info@wmfmartinsfontes.com.br   http://www.wmfmartinsfontes.com.br*

Coleção Inspirada no Programa de TV de
Regina Casé e Estevão Ciavatta

Favela

Ilustrações de Guazzelli

Texto adaptado por
Fabiana Werneck Barcinski

Realizadores

SÃO PAULO 2011

Apresentação

Você sabe quantas pessoas, cidades, rios, ruas, têm nome de árvore?

Tem gente que vai ao dr. Oliveira e nem lembra que este é o nome da árvore que nos dá a azeitona e o azeite.

Outros moram em Camaçari e nunca viram essa árvore linda que gosta de viver à beira dos rios.

Muitos torcem no carnaval pela escola de samba Estação Primeira de Mangueira sem pensar nos frutos e raízes dessa árvore.

E, por falar em raízes, em Mangueira...

Neste livro, você vai saber por que favela para todo o mundo lembra mais as comunidades que vivem informalmente nos morros da cidade do Rio de Janeiro do que a árvore que deu esse nome a um outro morro lá no Arraial de Canudos, no sertão da Bahia.

Assim como essas pessoas que vieram para a cidade procurando trabalho – entre elas, muitos descendentes de escravos, que com a abolição ficaram pelos matos, pelas ruas, sem uma política social para acolhê-los, e muitos e muitos retirantes, que chegaram do Nordeste num pau de arara só com a roupa do corpo –, você vai ver que essa árvore cheia de espinhos, que sobrevive às secas no sertão, é tão forte quanto esse povo que dá um duro danado e mora na FAVELA.

REGINA CASÉ

Às vezes, usamos uma palavra para apelidar algo ou alguém e essa palavra acaba ficando mais conhecida por seu significado como apelido do que pelo significado original.

Foi o que aconteceu com a palavra "favela", que em seu sentido original nomeava uma árvore solitária da árida caatinga e que hoje todo o mundo acha que indica apenas um conjunto de casas.

A Caatinga é o único bioma exclusivamente brasileiro, de clima semiárido, cuja formação vegetal se caracteriza por árvores pequenas e de médio porte, de aparência seca, compondo uma paisagem singular.

O escritor Euclides da Cunha, em seu livro *Os sertões*, ao falar da caatinga, afirma que esta "*o afoga; abrevia-lhe o olhar; agride-o e estonteia-o; enlaça-o na trama espinescente e não o atrai; repulsa-o com as folhas urticantes, com o espinho, com os gravetos estalados em lanças; e desdobra-se-lhe na frente léguas e léguas, imutável no aspecto desolado*".

(*Os sertões*, Francisco Alves Editora, p. 29.)

Essa imagem, tão comum nos textos que a descrevem, sempre levou à falsa ideia de que a caatinga seria um bioma pobre em biodiversidade. Entretanto, estudos a revelaram como rica em recursos genéticos e bastante heterogênea. O aspecto agressivo da vegetação contrasta com o colorido das flores que surge no período das chuvas.

Desenho a lápis do Arraial de Canudos, 1897 | Euclides da Cunha
Acervo IHGB-RJ

Neste cenário quente e espinhoso, no final do século XIX, viveu um homem que ficou conhecido como António Conselheiro.

Ele rodou o Nordeste inteiro a pé, fazendo sermões, falando do Evangelho e dando conselhos, e acabou atraindo milhares de seguidores.

Em sua maioria, retirantes, ex-escravos, gente muito pobre e sem esperança, mas com uma capacidade incrível de sobrevivência.

O primeiro registro público sobre o Conselheiro apareceu num pequeno periódico gratuito da cidade de Estância, Sergipe, em novembro de 1874:

"A bons seis meses que por todo o centro desta e da Provincia da Bahia, chegado, (diz elle,) do Ceará infesta um aventureiro santarrão (...)

Esse mysterioso personagem, trajando uma enorme camisa azul que lhe serve de habito a forma do de sacerdote, pessimamente suja cabellos mui espessos e sebósos entre os quaes se vê claramente uma espantosa multidão de bixos (piôlhos).

Distingue-se elle pelo ar mysterioso, olhos baços, téz desbotada e de pés nus; o que tudo concorre para o tornar a figura mais degradante do mundo. (...)

não aceita esmolas, e a sua allimentação é a mais resumida e simples possivel. (...) Dizem que elle não teme a nada, e que estará a frente de suas ovelhas. Que audácia! O povo fanático sustenta que n'elle não tocarão; Já tendo se dado casos de pegarem em armas para defendel-o. Para qualquer lugar que elle se encaminha segue-o o povo em tropel, e em número fabuloso."

Jornal *O Rabudo*, Ano I, nº 7, Estância, 22.11.1874.

Em 1893, quando, finalmente, ele resolveu parar com a peregrinação, se estabeleceu com mais de 25 mil seguidores em Canudos, na Bahia. E criou uma aldeia onde a propriedade e o trabalho eram coletivos, onde não se pagavam impostos. Um lugar onde as leis do novo regime de governo no Brasil, instaurado pelos militares, que deixava de ser uma monarquia para se tornar uma república, eram ignoradas.

Vista panorâmica de Canudos, Bahia, antes do assalto final, 1897
FLAVIO DE BARROS | Arquivo Histórico do Museu da República

Enquanto Antônio Conselheiro ia virando lenda no Nordeste,

os militares, no Ministério da Guerra, tentavam recuperar a moral perdida.

Eles já tinham enviado três expedições para destruir o Arraial de Canudos e todas elas tinham fracassado.

Os jagunços, miseráveis e famintos, armados de paus e pedras, sempre botavam pra correr os soldados, armados de fuzis e canhões.

Todos os comandantes da 3ª expedição, comandada pelo coronel António Moreira César, morreram; o canhão 33, a arma secreta do Exército para ganhar a guerra, tinha explodido sem mais nem menos; a varíola estava matando os soldados...

Falava-se até de uma maldição de Canudos.

A essa altura, os soldados começavam a cismar:

"Mas, afinal, por que eu estou lutando contra um grupo de miseráveis que nunca fez mal a ninguém?"

Quando os soldados chegaram à caatinga,
viram pela primeira vez uma favela.
Na verdade, como estava acontecendo a pior
seca do século XIX, o que eles viram foi
um monte de galhos secos, que poderiam
passar despercebidos, não fosse por um detalhe:
quem esbarrasse sem querer nos espinhos
da favela nunca mais se esqueceria dela...

Favela

Cnidoscolus phyllacanthus

Altura	de 3 a 8 metros
Tronco	curto e ramificado desde a base, com diâmetro de 20 a 35 cm
Folhas	longas, grossas, recortadas e com espinhos nas nervuras
Flores	brancas, hermafroditas, com cerca de 4 mm de diâmetro e em cachos axilares e terminais
Frutos	recobertos por pelos urticantes, com três sementes, que têm abertura espontânea quando ficam maduros, de maio a julho

A picada dos espinhos da favela pode causar bolhas e, se eles soltarem um líquido viscoso, branco, o machucado pode inflamar e provocar muita dor. Se a pessoa coçar a ferida, as bolhas irão aumentar, causando ainda mais ardência. Naturalmente, esses espinhos incomodavam muito os soldados, mas o pior problema era a resistência de Antônio Conselheiro.

Em 1897, os militares não podiam mais errar, e montaram uma das maiores forças expedicionárias da história do Exército. Mobilizaram tropas de todo o Brasil – mais de 6 mil homens para enfrentar os jagunços de Canudos. A expedição seria chefiada pelo próprio Ministro da Guerra, o marechal Machado Bittencourt.

Depois de apanhar muito, os soldados conseguiram conquistar um ponto estratégico, um morro de onde se dominava toda a paisagem do povoado de Canudos. Dali eles podiam ver aquele aglomerado enorme e desordenado de casas.

Euclides da Cunha, que acompanhava o conflito como correspondente de guerra do jornal *O Estado de S. Paulo*, descreve essa paisagem em seu livro (p. 223):

"*Inesperado quadro esperava o viajante que subia as ondulações mais próximas de Canudos... E no primeiro momento, antes que o olhar pudesse acomodar-se àquele montão de casebres, presos em rede inextricável de becos estreitíssimos, o observador tinha a impressão exata de topar, inesperadamente, uma cidade vasta.*"

morro da Favela, porque, claro, estava cheio de pés de favela.

Enquanto a guerra seguia violentamente, com muita pólvora e fumaça, as favelas do morro, indiferentes à matança, faziam também as suas pequenas explosões...

Quando maduros, os frutos explodem espontaneamente, mas ao contrário dos tiros lá embaixo, eles difundiam a vida, porque espalhavam as sementes da favela no ar.

Dos soldados que sobreviveram, a maior parte foi para o Rio de Janeiro – a capital da República, na época –, esperando desfrutar dos privilégios de heróis de guerra.

Mas não foi bem assim. No Rio de Janeiro, as pessoas já não sabiam se aquela guerra tinha resultado numa vitória ou num massacre.

O povo preferia esquecer o episódio, e esquecer também os seus "heróis".

Para piorar a situação, no dia da parada da vitória, na hora da festa,

o marechal Machado Bittencourt, o herói máximo, foi morto.

Ao defender o Presidente da República, Prudente de Moraes, o marechal Bittencourt impediu seu assassinato mas acabou apunhalado pelo agressor.

A Guerra de Canudos ainda não tinha acabado.

Os soldados também perceberam que, além de tudo, tinham levado um calote do Exército.

Os soldos prometidos não foram pagos.

Portanto, para pressionar as autoridades a atender aos seus direitos, eles acamparam num morro que ficava atrás do **Ministério da Guerra**, o morro da Providência.

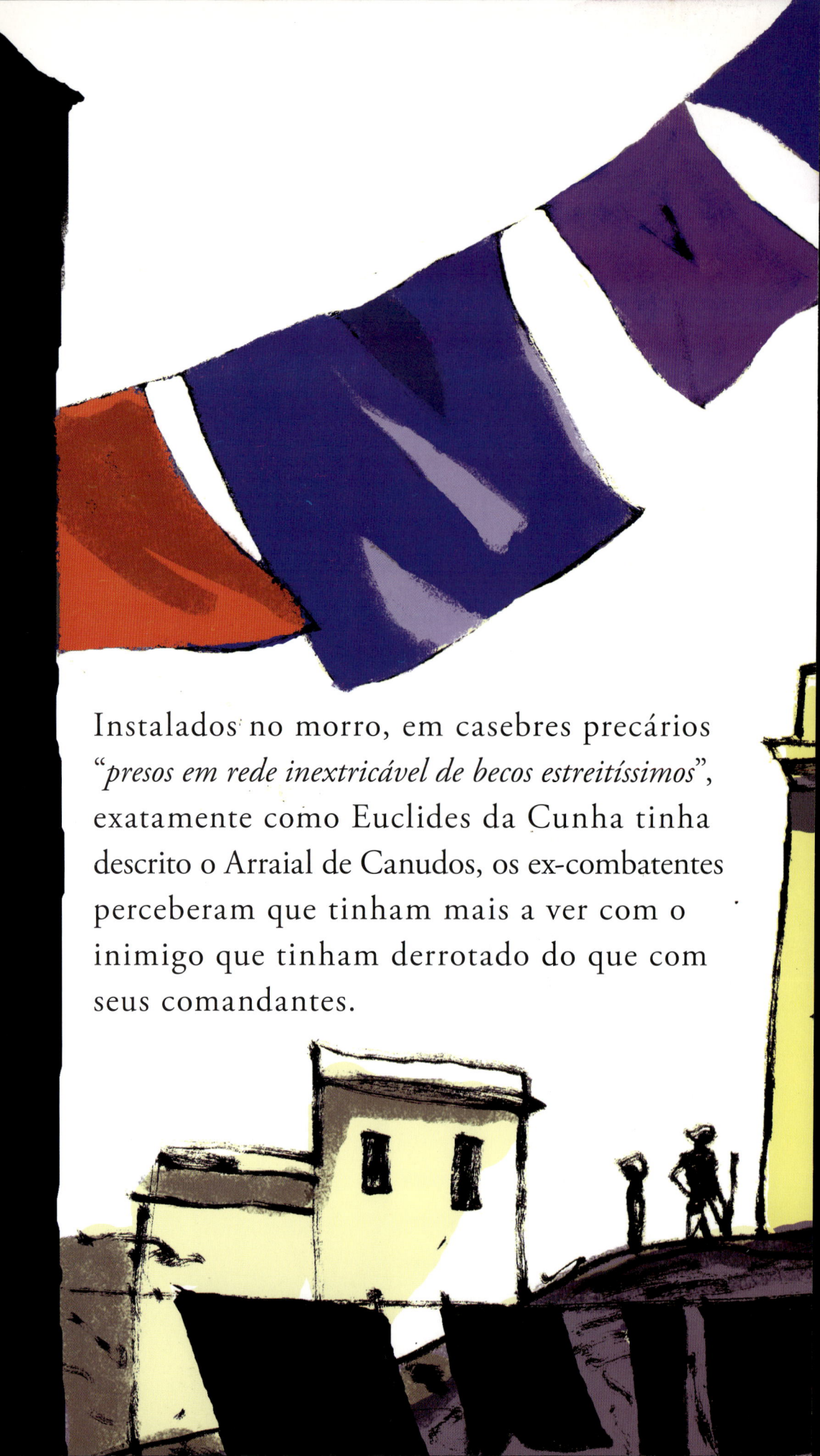

Instalados no morro, em casebres precários *"presos em rede inextricável de becos estreitíssimos"*, exatamente como Euclides da Cunha tinha descrito o Arraial de Canudos, os ex-combatentes perceberam que tinham mais a ver com o inimigo que tinham derrotado do que com seus comandantes.

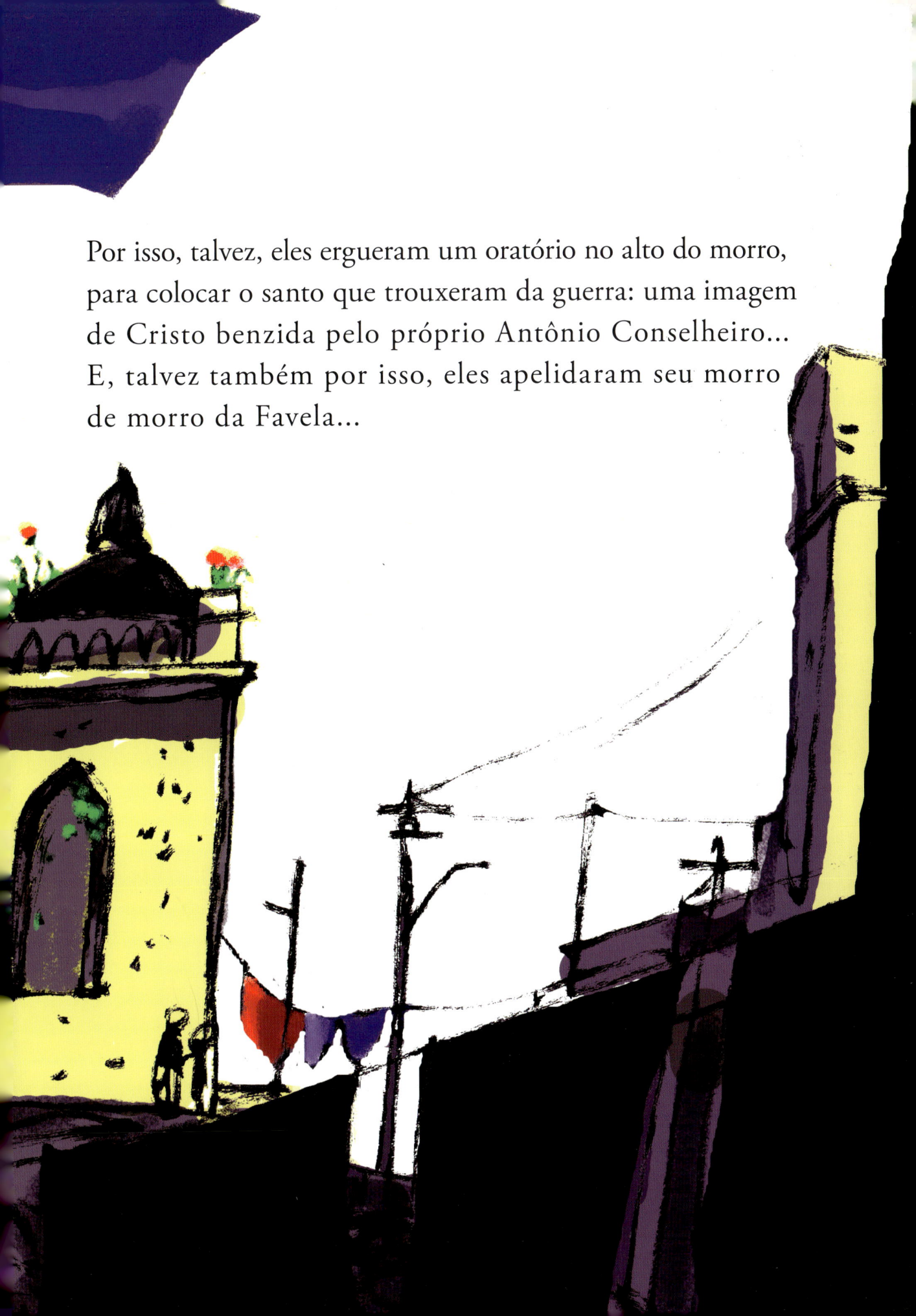

Por isso, talvez, eles ergueram um oratório no alto do morro, para colocar o santo que trouxeram da guerra: uma imagem de Cristo benzida pelo próprio Antônio Conselheiro... E, talvez também por isso, eles apelidaram seu morro de morro da Favela...

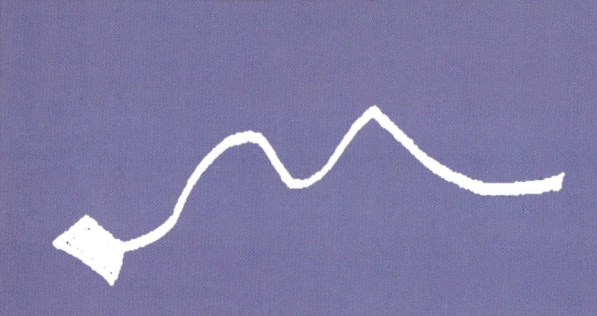

O nome ficou.

Durante muitos anos o morro da Providência foi chamado de morro da Favela – até que essa palavra ficou tão famosa que adquiriu outro significado:

"*designa um conjunto de habitações populares toscamente construídas*"...

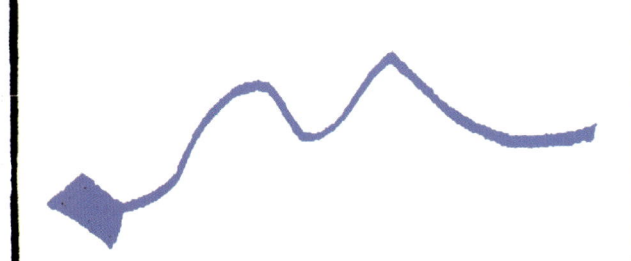

O termo "favela" se tornou tão genérico e corriqueiro que o morro da Favela teve que voltar a se chamar morro da Providência, para se diferenciar dos outros morros, em que novas favelas surgiram.

Ocorrência natural

Atualmente, a árvore favela, ou faveleiro, faz parte de uma lista de árvores pouco estudadas e, como estas, espera uma oportunidade para se tornar uma lavoura importante na economia do país. Seu valor industrial deve-se, principalmente, ao óleo fino, extraído de suas sementes, que pode ser usado na alimentação. Suas sementes também podem ser transformadas em farinha comestível. E a casca da árvore pode ser usada com fins medicinais, na cicatrização de ferimentos.

Foto Henri Lorenzi

Fotos arquivo Pindorama

A caatinga sempre me pareceu um lugar desolador, de pouca vitalidade e quente, muito quente. O nome "semiárido", desde os tempos de escola, me remetia a uma paisagem desértica...

Mas a convivência com esse bioma me mostrou o contrário. Há muita riqueza e diversidade nas inúmeras formas de enfrentar a aridez do clima. O que me faz lembrar aquela frase "grandes soluções nascem de grandes problemas".

Vejamos o umbuzeiro, cuja deliciosa fruta é vendida em muitas capitais do Nordeste: escondida sob a terra, um pedaço de sua raiz pode matar a sede de muitos sertanejos.

E a cera da carnaúba? Ela está ali para impedir que as folhas percam água. Mas, nos anos de 1930 e 1940, ela fez pela música brasileira muito mais que muitos brasileiros: a cera é que moldava os acordes nos discos de 78 rotações. Além disso, hoje a comemos em muitos doces.

Eu poderia escrever linhas e linhas sobre a caatinga, sua biodiversidade animal ou sobre as coloridas flores de sua flora ou sobre as suas variadas formações rochosas. Quanta beleza!

A favela da caatinga não dá água nem flores lindas. Ela tem é muito espinho brabo! Agora, quer história mais forte simbolicamente sobre as nossas favelas urbanas do que a apresentada neste livro?! Mais uma prova da riqueza da caatinga!

E, no ano de 2010, eu e Regina fomos convidados para Conselheiros Honorários da Associação Caatinga (www.acaatinga.org.br). É uma honra e uma felicidade defender e enaltecer esse bioma exclusivamente brasileiro.

Viva a caatinga!

ESTEVÃO CIAVATTA

REGINA CASÉ é premiada atriz e apresentadora com uma vitoriosa carreira, iniciada em 1974 com o *Asdrúbal Trouxe o Trombone*, grupo de teatro que revolucionou não só a encenação brasileira, mas também o texto e a relação dos atores com a maneira de representar. Ela, no entanto, há muito tempo extrapolou em importância o ofício de atriz, para transitar no cenário cultural brasileiro como uma instigante cronista de seu tempo. Ainda no teatro Regina se destacou nos anos 1990 com a peça *Nardja Zulpério*, que ficou 5 anos em cartaz. Teve ampla atuação no cinema, recebendo diversos prêmios nacionais e internacionais com o filme de Andrucha Waddington, *Eu, Tu, Eles*. Na televisão, Regina marcou a história em telenovelas com sua personagem Tina Pepper em *Cambalacho*, de Silvio de Abreu. Criou e apresentou diversos programas, como *TV Pirata, Programa Legal, Na Geral, Brasil Legal, Um Pé de Quê?, Minha Periferia, Central da Periferia*, entre outros. Versátil e comunicativa, é uma mestra do improviso, além de dominar naturalmente a arte de fazer rir.

ESTEVÃO CIAVATTA é diretor, roteirista, editor, fotógrafo de cinema e TV. É sócio-fundador da produtora Pindorama. Formado em 1993 no Curso de Cinema da Universidade Federal Fluminense/RJ, tem em seu currículo a direção de algumas centenas de programas para a televisão, como os premiados *Brasil Legal, Central da Periferia* e *Um Pé de Quê?*, além dos filmes *Nelson Sargento no Morro da Mangueira* – curta-metragem sobre o sambista Nelson Sargento –, *Polícia Mineira* – média-metragem em parceria com o Grupo Cultural AfroReggae e o Cesec – e *Programa Casé: o que a gente não inventa não existe* – documentário longa-metragem sobre a história do rádio e da televisão no Brasil.

ELOAR GUAZZELLI FILHO é ilustrador, quadrinista, diretor de arte para animação e *wap designer*. Além dos prêmios que ganhou como diretor de arte em diversos festivais de cinema, como os de Havana, Gramado e Brasília, foi premiado como ilustrador nos Salões de Humor de Porto Alegre, Piracicaba, Teresina, Santos e nas Bienais de Quadrinhos do Rio de Janeiro e de Belo Horizonte. Em 2006 ganhou o 3º Concurso Folha de Ilustração e Humor, do jornal *Folha de S.Paulo*. É mestre em comunicação pela ECA (USP) e ilustrou diversos livros no Brasil e no exterior.

FABIANA WERNECK BARCINSKI é mestre em História Social da Cultura pela PUC-RJ, autora de ensaios e biografias de artistas visuais como Palatnik, José Resende e Ivan Serpa. Editora de diversos livros de arte, entre eles *Relâmpagos*, de Ferreira Gullar, e *Fotografias de um filme – Lavoura arcaica*, de Walter Carvalho. Em 2006, fundou o selo infantojuvenil Girafinha, do qual foi a editora responsável até dezembro de 2009, com 82 títulos lançados, alguns premiados pela FNLIJ e muitos selecionados por instituições públicas e privadas. Escreve roteiros para documentários de arte e é corroteirista dos longas-metragens *Não por acaso* (2007) e *Entre vales e montanhas* (pré-produção).